KB103801

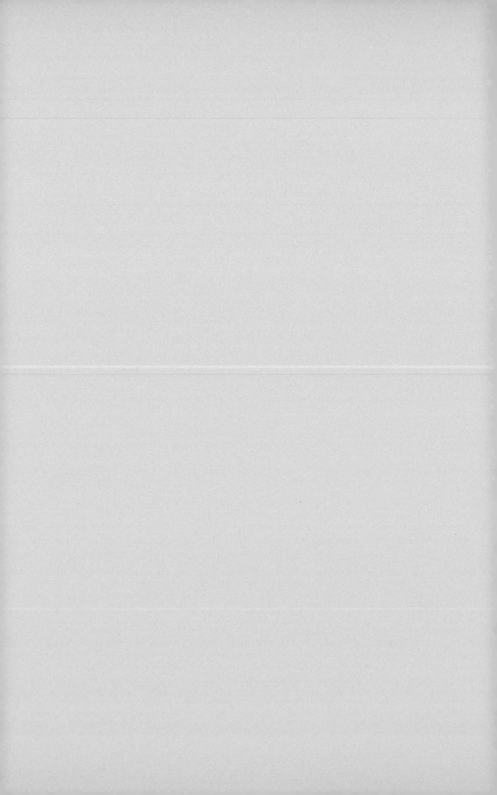

철저히 혼자

그래서 우리

철저히 혼자, 그래서 우리

발 행 | 2017년 12월 8일
저 자 | 차감성
펴낸이 | 한건희
펴낸곳 | 주식회사 부크크
출판사등록 | 2014.07.15.(제2014-16호)
주 소 | 경기도 부천시 원미구 춘의동202 춘의테크노파크2단지 202동 1306호
전 화 | 1670-8316
이메일 | info@bookk.co.kr

ISBN | 979-11-272-2795-1

www.bookk.co.kr

철저히 혼자
그래서 우리

차감성 지음

철저히 혼자, 그래서 우리

어쩔 수 없는 병으로 모든 걸 내려놓고 혼자가 된 적이 있다.

아이러니 하게도 '혼자'라는 건 어색했다. 물론 혼자이고 싶을 때도 많았지만, 그만큼 외로울 때도 많았기에 언제든 다시 친구의 관계로, 연인의 관계로, 가족의 관계로, 그 북적북적한 관계들 속으로 돌아가곤 했다. 사실, 철저히 혼자일 수는 없었다. 자의든, 타의든 관계 속에서 타인의 시선을 신경 쓰며 살아왔고 나에게 그건 지극히 자연스러운 일이었다.

그런데 이제는 어쩔 수 없이 혼자가 된 것이다. 꽤 심각한 병이었고 치료는 천천히 이루어져야 했다. 몸이 지치니 온갖 우울한 생각이 들었다. 완전한 '혼자'는 철저하게 외로웠다.

밤엔 마치 심해에 빠진 듯 캄캄한 공간에서 알 수 없는 생각들이 꼬리에 꼬리를 물며 나를 괴롭혔다. 언젠가 들은 적이 있다. 다이버들이 심해를 무서워하는 이유는 깊어서가 아니라 어둠이 있기 때문이라고. 빛이 없어 위아래를 구분하지 못하고 허우적거리며 더 깊은 바다로 헤엄쳐가는 다이버. 나는 그 다이버가 되는 상상을 자주 하곤 했다.

그러던 어느 날 또 심해에 빠지기 전, 나는 지나온 길에 빛이 나는 작은 전구들을 달기로 했다. 길을 잃지 않겠다는 마음으로 방황하는 추억, 고민들을 기록해야겠다고 생각했다. 앞으로 나아가야 할 길을 비추는 건 아니지만 적어도 뒤돌아 볼 수 있도록 하고 싶었다. 우울에 빠지지 않으려면 돌아가는 방향을 표시해야만 했다.

그렇게 매일 밤 나는 철저히 혼자가 되어 글을 썼다. 생각해보면 살면서 긴 시간을 혼자였던 적이 없었다. 항상 내가 아닌 무언가를 생각하고 무언가에 구속되어 있었을 뿐. 글을 쓰더라도 항상 내가 아닌 다른 세상에 대해서만 써야 했다. 이렇게 생각하니 이 지독한 병은 웃기게도, 날 여러 상황에서 벗어나 오직 나에게만 집중할 수 있도록 만들었다. 오로지 나라는 존재, 나의 기억, 추억, 고민, 그리고 나의 관계들. 나는 이제야 온전한 나를 마주하게 된 것이다.

막무가내로 떠오르는 상념들을 기록했다. 나 자신에 관한 이야기를 쓰다 보니 나와 맺어진 관계에 대해서도 여러 생각들이 떠올랐다. 철저히 혼자인 '나'에 대해 정리하고 알아가니 비로소 내가 속해있던 '우리'들 앞에서 솔직할 수 있었다. 이 책은 이런 시기에 개인 SNS에 올린 글들의 모음집이다. '나'에 대한 글을 썼지만 많은 분들이 '우리'의 이야기로 공감 해주셨다. 결국 세상은 수많은 '나'들이 살아가는 세상이기 때문이 아닐까. 한 편의 기록으로 남기고자, 또 더 많은 분 들이 보실 수 있도록 책으로 엮어보았다.

철저히 혼자서 생각했던 그 순간들을 풀어내본다.

철저히 혼자

그래서 우리

방

책상 위 편지

이터널 선샤인

어쩌다

차라리

또 다른 너와 나

토스트기

마지막

만약에

마조히스트

나는 너에게 뭐였을까

책상 위 향수

철저히 혼자

지하철을 놓치며

어디쯤 와 있을까.

종로3가, 어느 퇴근길.

정신없이 지하철을 환승하다.

야속하게도 문은 내 앞에서 쉬익 닫힌다.

숨막히는 지하철과 동그라니 역사에 남겨진 나.

그 안을 들여보니

다양한 사람들이 그렇게나 많이도 있더구나.

색깔은 흑백으로

많은 사람들을 하나의 종착지로.

지하철은 움직이고

나는 왠지 모를 안도감을 느낀다.

"같은 무리일 때는 알지 못한다.

따로 떨어져나가 혼자 덩그러니 남았을 때,

비로소 내가 있던 곳이 어떤 곳인지,

그 안에서 나는 무엇인지,

또 그 곳을 나오면 나는 무엇이 되는지 고민해보게 된다. "

철저히 혼자

멀리서

멀리서 추억한다.

멀어서 흐릿하다.

가까운 모든 것은

스르륵 멀어지는데

나만 멀어지는 것들 속에서

추억하고 그리워한다.

잊지 말아줘.

우리의 추억, 우리의 관계.

붙잡을래야 붙잡을 수 없는 내 연약함.

" 바쁘다는 핑계를 대고 싶진 않았다. 결국 내

무관심이었으니깐.

이미 멀어진 거리. 다시 다가가기에는

내가 너무 멀리 와버린 것 같고,

또 다시 돌아가 웃으며 인사할 용기도 사실 없다.

설령, 내가 뻔뻔하게 그러더라도

넌 그 때처럼 다시 웃으며 날 반겨주겠지.

그저 각자의 삶이 힘들 때,

한 때 즐거웠던 우리의 추억이 흘러나와

우리를 위로했으면 좋겠다 생각할 뿐이다.

그 때 다시 한 번 연락하자. 잊지 말아줘, 우리의 추억. "

철저히 혼자

앨범

용량이 없다는 문구에

갤러리를 터치한다.

나는 사진을 잘 못 지운다.

초점을 잃은 사진도 못 지운다.

그 때의 웃음, 즐거움, 행복

혹은 슬픔과 아련함은

초점 따위를 무의미하게 만든다.

그 때의 기분이 조금이라도 사라지는 게 싫어

조잡한 사진들도 결국 저 위로 올려 보낸다.

나는 사진을 잘 못 지운다.

16

이상주의자의 꿈

기억도 나지 않는 평범한 하루를 보내기보단

낭만의 밤에 한 편의 아름다운 꿈을 꾸겠어.

" 소소한 하루는 참 중요하다.

하지만 먼 훗날, 어느 야심한 밤, 침대에 누워

우리의 삶을 되돌아봤을 때 가장 그리운 것은

꿈처럼 아름다운 짧디 짧은 순간들 아닐까?

꿈인지 현실인지 모를 정도의 몽환적인 그런 순간.

그렇게 생각해보니 내일은 무엇을 하며,

어떻게 살아야 할까라는 고민이 새삼스레 들었다. "

철저히 혼자

도시

멀리서 본 도시는 마치 반딧불들이 불빛을 내뿜는 것 같이

눈이 부시도록 아름다웠다.

한 발짝 다가가니

작은 집들이 옹기종기 불빛을 만들어 내고 있었다.

낡고 허름한 집들도 보였지만 그래도 아름다웠다.

한 발짝 다가가니

눈을 비비며 공부하는 학생들의 학교가 보였다.

선생은 다그치고 학생은 지쳤지만 그래도 아름다웠다.

한 발짝 다가가니 마침내 빌딩 아래.

충혈된 눈으로 모니터를 보는 직원이 있었다.

나는 그 휘황찬란한 불빛의 중심에 있었지만

도저히 아름답다고 이야기 할 수 없었다.

"창문 밖으로 도시의 야경이 멋있어 한 동안 바라보고 있었다.

그러다 근처 빌딩의 한 사무실에서 야근하고 있는

한 회사원이 눈에 들어왔다.

그 순간, 이 모든 불빛은

누군가의 열정을 태워 빛나는 것이구나 라는 생각이 들었다.

아름답기보다 경이로웠다."

철저히 혼자

비

날 덮어줘

내릴 곳을 가리지 않는

너의 그 마음은

보고픈 것만 본 날 반성하게 하고

오해와 편견에 상처받은 날 위로한다.

날 덮어줘.

"구름이 잔뜩 낀 날, 하늘을 향해 열려만 있다면

비는 어디든 찾아 내려가 모든 것의 슬픔과 함께 울어준다.

그것이 높은 곳에 있든, 낮은 곳에 있든 상관없다.

공사장의 철판, 회사원의 가방, 콘크리트 바닥,

쌓여있는 나뭇잎, 학교 운동장의 미끄럼틀.

그것이 무엇이든지 간에 빗방울은 내리는 곳의 다양한 아픔에

공감하며 한 방울씩 다르게 소리 내어 함께 울어준다.

그런 수많은 아픔을 대변하는 빗소리를 들으며

나는 위로 받으면서도, 한편으로는 반성하게 된다."

철저히 혼자

고도를 기다려야지

사무엘 베케트의 고도를 기다리며

나는 블라디미르와 에스트라공의 기다림에 경의를 표한다.

응답 없는 고도를 기다릴 수 있다는 건

아이러니하게도 불확실성 속에서 꽃 핀 확신이다.

그것이 무엇이든 상관없다.

오직 기다리며 열망하는

그 바보 같은 뜨거움이

나는 좋다.

"베케트는 극을 통해 무형의 고도를 끊임없이 기다리는 인간의 부조리함을 그리려 했지만, 개인적으로 나에게는 그들이 기다리는 '고도'가 정확히 무엇인지는 중요하지 않았다.

무언가를 열망하고 삶을 바치는 그 어리석음이 오히려 나는 좋았다. 가끔 우리는 어쩌다 갖는 꿈에 여러 가지 '합리화'를 시도하며 손쉽게 놓아버리곤 한다. 다소 허황되더라도, 조금 어리석어 보일지라도 자신이 꿈꾸는 그 '고도'를 한번쯤은 미련하게 기다리며 준비하는 것도 나쁘지 않을 테다."

철저히 혼자

순간의 연속

어차피 인생은 순간의 연속이니깐.

하고 싶은 거 하면서

사랑하는 순간 순간을 만들다 보면

어느새 멋진 인생을 살고 있겠지.

"매일 회색 점을 찍으면서 무지갯빛 그림을 기대할 수는 없다.

순간의 선택이 모여 나를 만들고,

또 다시 선택으로 만들어진 내가

새로운 선택을 할 수 있는 것이다.

멋진 인생을 사는 방법은 결국 따지고 보면

어느 순간에 멋진 선택을 하는 인생이다."

철저히 혼자

회복의 단계

여기 죽음에서 회복까지의 5단계가 있다.

좌절, 분노, 기다림, 인정, 감사함.

나를 죽여가는 질병을 발견하면 쟁취한 모든 걸 잃는다는 공포와

내 연약한 미래에 대한 슬픔이 덮친다.

그 때 좌절한다.

그리고 생각한다. 왜 하필 나인가.

당신은 나를 푸른 초원에서 메마른 광야에 두었다.

사랑하신다면서 어떻게 나한테 이런 죽음을 주시는가.

분노한다.

지친다. 나를 죄여오는 아픔에, 당신의 침묵에.

시간이 약이라 생각한다. 그리고 곰곰이 생각한다. 기다림이다.

되돌아본다. 달리기만 하던 내 삶에 남은 없고 오직 나만 있었다.

나는 내 둥지 안에만 있었을 뿐, 날 생각은 하지 못했다.

어쩌면 나를 둥지 밖으로 밀어낸 건 당신의 뜻 아닐까.

인정의 단계다.

극도의 아픔과 상실.

광야 위에 서있던 나는 당신을 바라보았고

당신은 그제서야 나에게 응답한다.

감사함이다.

철저히 혼자

색

이것 저것 섞다 보면 검은색.

당신만의 색, 그 자체가 아름다워요.

"우리가 이것 저것 해봐야 하는 이유는

나의 색이 무엇인가를 찾아보고,

조합해보는 과정이라고 생각한다.

그저 이 사람이 멋있어 흉내내보고,

저 사람이 멋있어 따라 하는 것은

오히려 나만의 색을 흐리는 잘못된 덧칠이 아닐까?"

철저히 혼자

낡은 전화기

의지할 곳 없어 나는

우리의 밤에

내 추억에

그 순간에

구차히 수화기를 든다.

"현재의 외로움은 멋진 미래를 두고도

구질구질한 과거를 돌아보게 만든다."

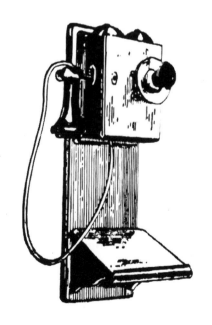

철저히 혼자

우울 정거장

굳이 우울해지고 싶은 날이 있다.

틀어놓는 음악리스트에는 조용한 노래들로 채우고

괜스레 달을 올려다보며

옛 추억에 잠긴다.

아름다우리만큼 아련한 가사들도

간간히 흘려 듣는다.

뚜렷한 목적지가 있는 건 아니다.

새벽녘 버스 정류장, 버스 한 대가 지나가면

저 멀리 다음 버스가 불을 밝히며 오는 것처럼

하나의 회상이 흘러가면

또 다른 추억이 떠내려오는 것이다.

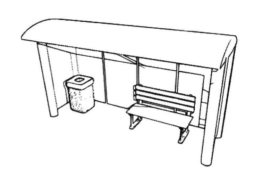

적당한 때에 버스에 올라타면 버스는 어두운 새벽의 밤을 밝히며

덜컹덜컹 수많은 역을 지나간다.

나는 창 밖을 바라보며 극장의 관객처럼

영사기가 비추는 희미한 추억의 파노라마를 말없이 감상한다.

기쁨과 회한으로 가득 찬 습기는

버스의 창가를 뿌옇게 만들고 어느 샌가 잠이 든 나는

연기 속으로 사라진 버스의 뒷모습을 보지 못한 채

아침을 맞이한다.

철저히 혼자

슬픔의 이유

슬퍼서 울었던 게 아니다.

눈물이 나니깐 슬퍼지더라.

왜 눈물이 났냐고 물으면 나는 할 말이 없다.

그걸 알았다면 울지 않았겠지.

달은 밝았고 도시의 야경은 여전히 별과 같았다.

그걸 한동안 아무 말 없이 내려다보며 조금 센치해지긴 했지만

그건 내 슬픔의 이유가 되지 않는다.

침대로 돌아와 이불을 덮고

평소 듣는 음악을 틀었을 때,

비로소, 눈물이 났다.

외로웠던 걸까? 스스로 숨긴 걱정거리가 있는 걸까?

이 밤이 너무 고요했던 탓에

내 안의 소리치는 감정을 다 견뎌낼 수 없었다.

아마 그래서 울지 않았을까?

철저히 혼자

기억과 기억

어떤 기억은 흐려지지만

그 어떤 기억은 짙어져만 간다.

기억하고 싶은 순간을 기억하는 것은 어렵지 않다.

하지만 기억하고 싶지 않은 순간을 기억하지 않는 것은 어렵다.

비슷하게 반복되는 기억은 견딜 수 있지만

문제는 짙어져만 가는 추억.

정작 그 순간에는 아무 일도 아니었을지도 몰라.

하지만 그 짧은 순간은 긴 시간을 거쳐

내 사사로운 감정을 입고 하나의 추억이 된다.

철저히 혼자

추억

내 짧은 삶에 영원을 줘.

순간은 지나가버리지만

추억이 깃들면,

그 순간은 영원히

반복될 수 있어

철저히 혼자

비교불가

남과 비교해서 느껴야 하는 건 뭘까?

내가 뭘 못했나?

내가 부족한 게 뭘까?

많은 게 있겠지만 무엇보다 알아야 할 건

우리는 서로 다르다는 점이야.

너는 너이기에 특별한 거 거든.

무언가를 닮으려 하지 말자, 우리.

세상의 기준보다는 하나님이 빚은 그대로,

그 아름다운 모습으로

내 빛나는 삶을 살자.

41

철저히 혼자

새벽 위에서

어두컴컴한 새벽

낮 동안 시끌벅적했던 도로는

신호등의 점멸하는 노란 불빛 아래

차 한 대 지나가지 않는다.

그 어색한 침묵이 즐거워

새벽냄새 나는 길 위에서 추는

위험한 춤.

너도 나도 보는 이 없어

미칠 듯이 몸을 흔든다.

점멸하는 신호등과 그 아래 춤추는 나.

"친구가 우리집에서 함께 자려 했던 날,

역시나 집에서 할 것이 없어 그 새벽에 밖으로 나갔다.

낮에는 그렇게 시끄럽던 도로가 쥐 죽은 듯 고요했고 나와 친구
는 그 적막에 이상하리만큼 전율이 돋았다.

횡단보도가 있었지만 보행신호는 꺼져있었고, 도로 위 신호등은
노란색 불빛만이 들어왔다 나갔다를 반복하고 있었다.

무언가에 홀리듯 도로로 뛰쳐나갔고

누가 보면 아마 미쳤다고 했을 거다."

철저히 혼자

겁이 났어

너까지 안 될 거라고 얘기하는 순간

난 솔직히 겁이 났어.

그걸 딛고 겨우 한 발짝 내디딜 때도

큰소리 쳤지만 너무 불안했는걸.

그런데 겁나지 않았으면

이렇게나 설렜을까?

푹 꺼질지도 모르는 땅 위에서

있는 힘껏 도약하는 내 비행이

이렇게나 멋졌을까?

겁나는 순간 시작되는 터질듯한 내 존재.

"고등학교 때 오케스트라 동아리에 있었다. 플룻을 연주했는데 2학년이 되면서 중요한 연주에서 솔로파트를 부는 경우가 점점 많아졌다. 그 넓은 홀에서 내 플룻 소리가 울리고 사람들이 나만 쳐다 볼 거라고 생각하면 식은땀이 주르륵 흘렀다.

연습 때는 스트레스의 연속이었다. 특히 솔로부분에서 계속 틀리거나 발전이 없으면 불안해졌고, 불안해지면 소리는 점점 더 작아지는 악순환이 생겼다. 내가 아니면 책임질 사람도 없다는 생각에 악착같이 연습했다. 점심시간, 저녁시간을 반납하고 똑같은 음만 수백번 죽어라 불었던 기억이 있다.

드디어 연주날. 무대 뒤에 서있으면서 얼마나 떨었는지 몰랐다. 눈깜짝할 새에 입장했고, 정신차리고 보니 솔로부분을 연주했다. 그렇게 몇 날 며칠을 연습한 음은 순식간에 지나갔지만 나는 그 짧은 순간을 잊지 못한다. 터질듯한 희열이었고 대단한 성취감이었다. 그 이후, 큰 무대에 설 때마다 그 긴장감 자체를 즐겼고, 물론 이는 수많은 연습을 통해 내가 성취해낼 수 있을 거란 자신감이 밑바탕이 되었다."

45

촛불

10만 시간이라는 무한의 LED보다

짧게 타오르는 너에게 정이 간다.

자신의 끝을 알고도

소박하게 불을 밝히는 모습이

꼭 우리와 같아서

너의 타오름을 응원하게 된다.

"어느 순간 합리성과 효율성이 다른 가치들을 앞서기 시작했다.

  그래서인지 끝을 인정하는 것은, 자신의 가치를 떨어뜨리는 것이라고 생각되는 경우가 많다. 효율적이지 못하고, 합리적이지 못하며 경제적이지 못하다는 것이다.

하지만 한계를 인정하고 희생하는 모습은 또, 얼마나 아름다운가.

덜 화려하고, 덜 유용하더라도,

세상 모든 것이 다 잘나고 영원할 수 없기에.

끝을 알고 주어진 것에서 최선을 다하는 자세는

마음의 한 편에 진한 감동을 준다."

철저히 혼자

엇갈림

신은 인간이 모던 타임즈의 채플린처럼

톱니바퀴 속 부품으로 살기 원하지 않는다.

그래서 자유를 주었고

인간은 각자의 의지로 수많은 엇갈림을 만들어냈다.

너와 내가 '충돌'하여 우리가 되고 세계가 된다.

어긋남 없는 일상은 안정을 주되

존재이유를 주진 않는다.

크고 작은 엇갈림 속에서 선택하는 인간이 다른 인간과 차별을
만든다.

곧, '나'는 너와 다름으로써 탄생한다.

삶은 충돌과 엇갈림의 연속이다.

직면과 회피를 선택하는 시간은

인간다움을 결정하는 순간이다.

철저히 혼자

한강에서

추억이 길어질수록 강물은 느려지고

고민이 늘어날수록 꽃은 소박이 핀다.

생각은 깊어지고 하늘은 물드는데

저 너머 내가 살던 곳의 불빛은 낯설어진다.

모든 꽃과 구름, 그리고 강물이 바람에 실랑일 때

나는 비로소 숨가쁘게 달리던 자전거를 멈추고

그 무언가를 되돌아본다.

추억을 내리다

뜨거운 추억이

차가운 심장과 만나

어슴프레 구름을 만드니

뚝

한 방울

떨어뜨린다.

투둑, 뚝, 투두둑

이내 쏴아 쏟아지는 아련한 기억들.

붙잡을래야 붙잡을 수 없고

도망칠래야 도망칠 수 없는

그 수 많은 회상.

51

철저히 혼자

잘못했을 때

잘못임을 알고도 잘못을 저지르는 것은

잘못하는 것이 아니다.

사람은 누구나 잘못된 것임을 알고도

기어이 그것을 저지르고 마는 연약한 존재다.

다만,

잘못을 인정하고

잘못함을 반성하며

갈등을 통해 나의 나약함을 깨닫는,

낮아지고 겸손해지는

바로 그 시간,

그 순간순간이 인간됨을 만든다.

그렇게 발전한다.

철저히 혼자

불안을 즐기다

새로운 시도를 할 때 오는 불안함을 즐긴다.

즐기는 방법은 두 가지.

실패했던 경험들을 발판 삼아

드디어 이겨낼 수 있다는 설렘이 첫째고

그게 아니라면

이제껏 내 인생에서 한 번도 해보지 못 한 경험을

드디어 해본다는 기대가 둘째다.

모든 불안은 그 이전의 경험에서 오기에,

지금의 나는 앞으로의 경험을 기대하면 된다.

그렇게 도전해서 실패했을 때,

그 실패는 하나의 작은 발판, 성공이 된다.

실패의 순간이 또 다른 시작의 출발점이다.

어른이

사탕 하나에 웃음 가득하고

칭찬 한 마디에 즐거워지며

하루가 지는 것을 아쉬워하고

내일을 설레며 기다리는

그런 동심 가득한 아이가 된다는 것.

사소한 것에 감사하며

큰 일에 겸손해지고

하루하루 최선을 다해

내일을 여유 있게 계획하는

그런 멋진 어른이 된다는 것.

결국 행복으로 가는 길은

어릴 때나 지금이나 다르지 않아.

어른이가 된다는 것,

어렵지 않아.

철저히 혼자

엔터 누르기

지금 이 외로움과 고독이

긴 한 문장 내 슬픔의 마침표가 되고

한 줄의 빈 공백을 남겨

또 다른 문단의 시작이 되길.

"문단에서 흐름을 바꾸거나 소재를 달리하려면 마침표를 찍어야

한다. 아무리 복잡하더라도, 미련이 남더라도, 새롭게 시작하려면

무슨 일이든 마침표가 필요한 것이다.

그리고 이어지는 빈 공백. 복잡한 일 이후에 찾아오는 공백은 어

색할지도 몰라. 아니, 외로울지도 몰라.

그럴 때, 엔터로 긴 고민을 잠시 끊고 새롭게 시작하는거야. 아무

런 감정도 없는 순백의 칸, 새로운 페이지에서 너만의 생각을 풀

어내는거지.

그렇게 극복하고 새로 시작하기 위해선, 항상 어떤 일이든 엔터가

필요해."

추억의 굴레

추억이 우리를 따라오는 걸까

우리가 추억을 따라가는 걸까

"우리는 항상 추억을 한다고 생각하지만

가끔 완전히 잊고 있을 때, 또는 하고 싶지 않을 때 불현듯 추억이 우리를 찾아올 때가 있다.

그럴 때마다 추억이 우리를 따라오는 건 아닐까 라는 생각이 들곤 한다."

철저히 혼자

나무와 열매

좋은 나무에서 썩은 열매 없고

썩은 나무에서 좋은 열매 없어.

우리 삶에 결과만 바라보고 사는 사람 얼마나 많니.

뿌리는 시드는데 봉우리만 탓하는 사람 얼마나 많니.

좋은 나무로 열매를 맺자.

아니, 열매를 맺지 않더라도

풍성한 나뭇잎으로 소박한 그늘 만드는

우리, 그런 나무가 되자.

"한 번에 열매를 얻을 순 없지.

진심을 다해야 새싹이 트고 줄기가 올라오더라.

거기서 한 번 더 보듬어줘야, 그리고 잘 가꿔줘야

벌이 오고 꽃이 피고, 또 열매도 맺는 거지."

철저히 혼자

냄새와 향기

분명 같지만 달라.

누군가에게선 냄새가 나지만

누군가에게선 향기가 나더라.

우리를 둘러싼 이것

우리가 내뿜는 이것

냄새일까, 향기일까

"사전적 의미로 냄새와 향기가 어떻게 다른지는 정확히 모르겠다.

하지만 똑같은 라벤더라도 누군가에게서는 그것이 냄새가 되고

누군가에게서는 향기처럼 느껴지더라.

과하지 않은 자연스러운 향기.

온화한 행동과 말에서 느껴지는 그 향기가 나는 너무 좋아."

행복의 차이

어떻게 그럴 수 있지?

어쩌면 그럴 수 있지.

"견디기 힘든 일이 찾아올 때가 있다.

나만 힘든 것 같고, 나에게만 이런 불공평한 일이 일어나는 것 같아 더 힘들다.

그럴 때 찾아오는 생각. '어떻게 그럴 수 있지?'

이것저것 짜 맞춰져 이런 일이 생겼다고 생각하면 너무 억울하다. 그 때 내가 그렇게 하지 않았다면? 그 때 이렇게 했더라면? 이라는 후회도 생긴다. '어떻게'는 그런 후회와 억울함이 섞인 한숨이다.

그런데 '어떻게'가 조금만 바뀌어 '어쩌면'이 되면 '인정'을 바탕으로 상황과의 타협이 가능하다. 이유가 있을지라도, 혹은 없을지라도 '어쩌면 그럴 수도 있지'는 내 잘못과 실수, 상황에 대해 인정한다. 그렇기 때문에 그 순간은 잠깐 납득되지 않더라도 이후에 수습하고 일을 진행하는 것은 훨씬 수월하다. '어쩌면'은 발전할 수 있는 하나의 인정이다."

철저히 혼자

시각

시각의 차이

시작의 차이

"어떤 것을 시작할 때 가장 중요한 것은

그것에 대한 나의 시선, 마음가짐이다.

시작과 시각은 크게 다르지 않다 생각했다."

생생한 꿈

꿈이 너무 생생한 나머지 자리에서 일어나서도 현실과 구분 짓지 못했다. 꿈 속에서 그렇게 슬프고 웃기고 우울하고 행복했는데 그게 현실이 아니었다니. 아쉽기도, 다행이기도 한 이 허무한 기분. 그러나 이내 생생한 꿈은, 언제 꿨냐는 듯 새까맣게 잊혀지고 우리는 새로운 현실을 살아간다.

그런 꿈에 신기해하던 도중, 문득, 지금 이 순간도 아주 생생한 꿈이 아닐까 하는 생각이 들었다. 기나긴 삶을 살았지만 그건 아주 오랜 밤에 꾼 생생한 꿈인 거야. 마침내 눈을 감았을 때, 잠깐의 고요가 흐르고 눈을 살며시 뜨면, 어느 날의 아침인 거지. 너무도 생생한 꿈에 몸서리 치지만 이내 언제 그랬냐는 듯, 고개를 갸우뚱하고 새 삶을 사는 것이다.

그렇게 생각하니 지금 내 주위의 것이 아주 이질적으로, 때론 무섭게 느껴지기 시작했다.

철저히 혼자

헌신

내가 당신을 잊으려 해도

당신은 나를 잊지 않았고

내가 당신의 손을 놓으려 해도

당신은 나의 손을 놓지 않았다.

이미 사랑이었기에

사랑은 생각해보면,

누군가의 헌신으로 시작하고 이어져왔기에.

"믿음은 흔들릴 때가 많다.

굳건할 거라 생각했던 그 순간에도 스치는 수많은 의심들.

놓고 싶을 때 놓고, 잡고 싶을 때 잡는다.

내 변덕으로 가득 찬 관계.

하지만 그 관계에서 사랑이 이어질 수 있었던 것은 헌신이 있었기에 가능하다. 이미 그 분의 계획으로 시작된 사랑은, 내가 잊으려 해도 잊을 수 없고, 놓으려 해도 놓을 수 없는 그런 사랑이었다.

나는 모든 것이 모래에 덮인 사막 위에 혼자 서있을 때 그제서야

그 사랑을 새삼 다시 느꼈다."

철저히 혼자

점들의 세상

무언가에 대한 내 특별함이

그저 그런 사람들의 무수한 특별함 속에 빠져

평범한 '그 중 하나'가 되다.

세상은 특별한 점들로 모자이크를 만들어

하나의 그림으로 묘사하지만

사실, 나는 그저 백지 위의 특별한

단 하나의 점이고 싶다.

나는, 나는 너무 특별한데

사실 알고보니

너도 그렇고, 너도 그렇고,

너도 그렇다.

"사람은 누구나 특별하다고 세상은 이야기하지만, 나는 내가 평범하다는 것을 안다. 모두가 특별하다고 하는 이 곳에서 결국 나는 특별해 보이지 않는 평범한 사람일 뿐이다.

사실 특별하고 싶다. 주목 받고 싶다. 사랑 받고 싶다.

셀 수 없이 많은 점들이 찍혀있는 큰 점묘화에 그 모든 점들은 소중하지만, 역설적이게도 하나의 점은 그리 특별하지 않다.

각자의 역할, 그 역할들이 모여 큰 세상을 만들고 나 역시 그런 세상에서 소소한 역할을 해내고 싶지만, 가끔은 이기적이게도 흰 백지 위에 커다란 흑점이고 싶을 때가 있다.

그럴 때면 나 한 점쯤은 없어도 되는 점묘화에 있다는 것이 그렇게 우울할 수가 없었다."

철저히 혼자

비에 오는 밤

너는 밤에 오는 비가 아닌

비에 오는 밤이구나.

"비가 와서 어두운 건지, 어두워서 비가 오는 건지.

슬퍼서 우는 건지, 울어서 슬픈 건지.

난 잘 모르겠어."

철저히 혼자

새벽에 소리를 들으며

빗소리가 투둑투둑 들려

비에 어울리는 음악

밤에 스며드는 조명을 설정했다.

하지만 이내

음악을 끄고

조명을 끄고

침대에 가만히 누워

시원한 공기와 빗방울을

느끼기로 했다.

그래, 그런 깊은 새벽이다.

“새벽, 깊은 적막 속에서도

나 혼자만의 고요를 찾고 싶을 때가 있다.”

철저히 혼자

없음이 있음을

없음이 있음을 소중하게 만들고

있음은 없음을 잊게 만든다.

"있을 때는 잘 알지 못한다. 익숙해져서.

이미 일상이 되어버려서.

소중함은 아이러니하게도 그것이 소중할 때 느껴지지 않는다.

무엇이 내게 소중한지를 알기 위해서는

그것이 없을 때를 생각해보면 작게나마 느낄 수 있다."

철저히 혼자

광장과 밀실

대한민국의 광장과 밀실은 이상하게 발달되어

각자의 밀실에서 속닥거리고 있다가

이슈가 터지면

마치 검투사들처럼 경기장에 나와 서로를 죽이고 헐뜯는다.

그러다 관객들의 환호가 줄어든다 싶으면

다시 자신의 밀실로 들어와 속닥거리는 것이다.

대한민국의 광장과 밀실은

참으로 이상하게 발달되어

광장은 비어있고 밀실은 막혀있다.

"언젠가 가장 자유롭다는 광장, 인터넷에서 이슈가 터졌다.

정작 광장은 조용했다. 하지만 광장을 둘러싸고 있는 수많은 밀실에서 사람들은 자신들과 의견을 함께 하는 이들과 함께 귀를 닫은 채, 토론하는 척, 의견을 나누는 척, 시끌벅적 떠들었다. 의견이 다르면 밀실에는 출입할 수 없다.

밀실에서 이야기를 마친 사람들은 광장으로 나와 이슈에 대해 소리 지른다. 모두의 의견인 것처럼, 심사숙고한 해결책인 것처럼.

광장은 모두의 의견이 함께 하는 토론의 장이지만, 광장은 점점 비어지고 밀실은 늘어나는 것 같아 안타까웠다."

철저히 혼자

소설

결국 우리네 인생이 소설이야.

기-승-전-결

삶과 죽음이라는 정해진 페이지에서

수많은 사건과 무수한 선택들이

성공과 실패를 결정하고

사랑과 이별을 만들어

웃음짓고 눈물짓게 만들거든.

중요한 건 소설이 희극이냐 비극이냐지.

근데 그건 사람마다 달라.

주인공이 지금 행복하냐 불행하냐에 따라 다르니깐.

그래서, 네 소설의 엔딩은 어떨 것 같아?

"책은 읽히라고 쓰인 것이기 때문에 독자가 읽기 좋아야 해.

하지만 우리가 쓰는 소설은 누구 보라고 쓰는 이야기가 아니야.

우리의 소설에서 가장 중요한 건, 주인공인 바로 우리야."

철저히 혼자

어려운 인생

차트 100곡도 좋지만

가끔은 어려운 재즈가 듣고 싶다.

복잡한 구성과 난해한 화성.

쿼텟이 서로 충돌하고 조화를 이룰 때

쾌감이 터져 나온다.

100피스의 퍼즐은 쉽지만

1000피스의 퍼즐은 재밌다.

쉬운 인생, 좋다.

그러나 헤쳐나가는 재미가 있겠는가?

"항상 어렵지 않았으면 좋겠지만,

항상 쉽지 만도 않았으면 좋겠어.

그렇게 사는 건 너무...욕심일까...?"

철저히 혼자

전제조건

나를 사랑하지 않고

남을 사랑할 수 있나

편의점 유리에 비친 나

이렇게나 안이 훤하게 들여다보이는 통유리 앞에 서서

컵라면을 먹자니 문득 부끄러워졌다.

정신없이 지나가는 사람들에 이상한 안도감을 느꼈지만

이따금씩 이쪽을 쳐다볼 때,

역시 부담스럽긴 하다.

그래도 크게 개의치 않는다.

바쁜 현대인이니깐. 혼밥이 트렌드니깐.

요즘 이렇게들 간단히 해치우니깐.

그러나 나를 괴롭게 하는 건 따로 있다.

유리창에 비친 내 모습. 도저히 속일 수 없다.

쿨한 척 할 수 없다. 변명할 수도 없다.

철저히 혼자

이렇게 허겁지겁 지내려고, 비루하게 끼니를 때우자고 사는 게 아니었다.

신념 없이, 그래서 도전 없이 살아왔다.

꿈도 꾸지 않았다. 과거의 야망은 사라진 지 오래다.

하지만 나도 할 말이 있다.

환경이 날 이렇게 만들었다.

누군 이러고 싶어 이러나. 너무 뭐라하지 마라.

스스로를 변명하려 하자 조용히 나를 바라보던 너는

매섭게, 더욱 매섭게 나를 노려보았다.

여행이 기억에 남는 이유

유명 관광지를 둘러보는 것보다 숙소를 찾아 방황한 길, 낯선 골목에 들어선 일, 쫄쫄 굶으며 터덜터덜 걸었던 것이 기억나는 이유는, 내가 생각하던 길에서 벗어나서 였을까.

항상 예상하며 추측하는 우리의 삶. 목표를 향하는 길에서 벗어나지 않겠다고 애쓰는 우리이기에. 뜻하지 않게 맛보는 일탈, 완전한 자유는 달리의 그림 속 레일을 벗어난 꿈의 기차처럼 자유롭게 상상을 휘젓고 달려간다.

여행이 주는 그 즐거움은, 나의 예상 밖에서 오는 우연성이다. 우연히 헤매고 우연히 찾고 우연히 잃고 우연히 만나며 날마다 새로운 선택지 앞에 놓여 새로운 답을 선택하는 그 순간순간들. 정답에 얽매이지 않고 오로지 '나'의 고민과 판단으로 결정하는 진정한 '나'의 선택. 그 방황과 고생 속에서 나도 몰랐던 '나'를 발견하기에. 그래서 여행의 뜻밖의 순간들이 더 기억에 남는 것은 아닐까.

철저히 혼자

논 피노키오

제페토 할아버지, 제겐 꿈이 있지만

살아 움직일 팔다리가 없어요.

제페토 할아버지,

제게 심장을 선물할 요정이

달빛이 드리워진 창문 아래서 절 바라보지만

할아버지, 전 아직 심장을 품을 몸이 없어요.

왜 나는 의식과 상념의 덩어리로

무수한 고민과 과분한 꿈을 가지고 있을까요?

왜 저는 한걸음도 내딛지 못하면서

광활한 대지를 여행할까요?

"내가 손에 쥔 것은 흘러내리는 한 줌의 모래뿐인데

가진 꿈은 깊고 넓은 오아시스다.

항상 부족한 채 발걸음을 내딛지만 가야 할 길은

끝없이 펼쳐져 있다.

왜 나는 커다란 꿈을 꾸었으며,

심지어 그 꿈을 현실까지 가져오고야 말았을까?"

철저히 혼자

어두운 바다

사람의 감정은 어두운 바다.

끝을 알 수 없이 어두워도 반드시 있는 무언가의 울렁임.

넘실대다가도 쥐 죽은 듯 고요해지는

어두운 바다.

함부로 어떻다 말할 수 없는

웅장하면서도 장엄한,

그러면서도 손에 담을 수 없이 흘러내리는

그 무언가.

그 칠흑의 바다에서 나는

홀로 쪽배를 타고 방황하는 자.

"글을 쓸 때,

감정의 기억을 끄집어내기 위해 짙은 밤, 항구에 묶인 배의 밧줄
을 푼다. 무엇이 나올지 모르는 그 어두운 밤바다에 들어가는 것
이 때론, 피곤하고 두렵지만 그래도 안으로 들어간다. 울렁이는

바다로."

철저히 혼자

동심

동심은 떠나지 않고

침대 밑에 떨어진 채 우릴 기다렸어.

언젠가 돌아올 주인을 기다리는

먼지 쌓인 곰인형처럼

그렇게 하염없이 기다리다

다 커버린 주인의 눈에 띄어

다시금 그 곁을 지켰어.

더 외로워지고 더 울보가 된

주인 곁에서 언제나 그렇듯,

지긋이 순수함으로 지탱해줬어.

"시간이 지나면서 동심이 사라진 것 같지만 사실 우리는 어른이
된 게 아니야. 어른인 척 했던 거지. 항상 우리는 익숙한 것 앞에
서 우쭐대고, 새로운 것 앞에서 어쩔 줄 모르는 어린이인 걸."

철저히 혼자

옛날에 찍은 사진

사진 속 나는 그 곳에서 행복했나 보다.

자유로웠나 보다.

수많은 사람들의 일상인 곳을 배경으로

사진 한 장.

"옛날에 찍은 사진 속에서 활짝 웃고 있는 나를 발견했다.

저 땐 그랬지, 그래서 웃겼었지.

같은 '나'이지만 이렇게 다르구나.

이렇게 우울했는데 그 땐 그렇게 행복했구나. 그 때의 나와 비교
된 나머지 지금의 나는 더 우울해지는 것 같았다.

하지만 이내 드는 생각.

다시 저렇게 행복해지지 않을까? 지금 이렇게 우울한 것도, 결국
언젠가는 다시 돌아보게 될 갤러리 속 한 장의 사진에 불과한거
야. 막상 그 때가 되면, '아 이렇게 우울했구나.' 라고 하고 넘기

겠지."

꿈과 아침

아침에 스르르 번지는 햇살에

수채화가 물에 번지듯 너는 흐릿해져 간다.

네 손 꼭 붙잡고 그렇게 신나게 놀러 다녔는데

인사할 시간도 없었던 거니.

너는 나를 이곳으로 보내고

너는 그곳에 남았다.

너와 내가 그린 그림은

소복이 먼지가 내려앉아

화방 구석에 자리잡는다.

덧칠하지 말자

단 한 번의 순간들.

그 순간들이 서서히 그려내는 묵묵한 수채화.

덧칠하지 말자.

있는 그대로, 나의 붓질에

적셔지는 도화지의

그 단 한 번의 스며듦을 기억하자.

그리스인 조르바

그리스인 조르바는

굴러 떨어지는 돌멩이를 보고

생명을 얻었다고 소리쳤다.

아이같이 즐거워하는 조르바에겐

모든 것이 새로움이고 발견이다.

돌멩이에 살아있음을 선포하고

새로움으로 생명을 연장하는

창조주이자 피조물, 그대 조르바.

"생각의 차이는 내가 보고 듣고 만지는 그 모든 세상을 깨워 살아 움직이게 만들 수도, 차갑게 얼어붙게 만들 수도 있다.

매일 매일을 새롭게 사는 방법은, 세상이 바뀌는 것을 기다리는 것이 아니라 내가 날마다 새로워지는 것이다."

철저히 혼자

감사

내 모든 순간에 감사한다.

좋고 나쁘고는 그 다음 문제다.

나의 세계로

나를 얽매고 있는 불가능을 끊는

날카로운 자유를 꿈꾸자.

모두가 깨어나는 일출의 때에

타인의 세상에서 나의 세계로

희망차게 나아가자.

이 새벽, 끝과 시작의 경계에서

너와 나는 어떤 다짐을 하는가.

표지판

시커먼 먼지를 뒤집어써도

따가운 바람이 파고 들어도

자리에 서다

꼿꼿이 서다

가장 잘하는 것으로

가장 필요로 하는 곳에

묵직한 침묵으로

나를 소리치다.

"내가 하고 싶은 일을 하는 것도 중요하지만, 언젠가는 나를 필요로 하는 곳에서 가장 잘하는 것으로 헌신하며 살고 싶다는 생각이 들었다. 세상에서 그 일을 가장 잘하지는 않더라도 내가 가지 않으면 못하는 일들이 있다.

나의 발전도 좋지만 나로 인해 누군가 발전한다면 그런 삶도 충분히 좋다. 멀리서 보면 눈에 보이지 않을 일이지만 내가 있는 곳에선 그것이 전부인 일.

그런 일을 하고 싶다."

철저히 혼자

일상 속 여행

멀리 떠나는 것만이 여행이 아니다.

언어가 달라야만 외국이 아니다.

길가의 못 보던 꽃에 관심을 주는 것도

동료의 말에 크게 웃는 것도 여행이다.

가보지 못한 길이라 설렌다.

집 주변에 이렇게 예쁜 카페가 있다니 놀랍다.

새로움은 여행의 원천.

보지 못한 것을 둘러보니

마음 속 여권도장이 가득해진다.

"익숙함은 편하지만 때때로 삶을 지루하게 만들어.

새로움은 어렵지만 항상 나를 설레게 만들지."

끝이라는 여정

끝까지 가지 않아도 좋아

끝은 중요하지 않아

어디론가 열심히 걷는 네 모습은

이미 충분히 아름다운걸.

"인간의 삶은 어느 순간,

현실에 갖는 미련보다

자유를 향한 도전에서 의미를 갖는다."

철저히 혼자

아직은 없어.

아직 이라고 이야기하기엔

시간은 마냥 기다려주지 않아.

때론 차곡차곡 쌓아 넣는 캐리어보다

과감하게 필요한 것만 넣는

배낭을 메야하는 거친 여행이 있지.

그래서 우리

♡ 사랑을 거꾸로 하면

잠이 들지 않는 어느 새벽, 미처 지우지 못한 너와의 대화를 우연히 발견했다. 먼지 한 톨 쌓이지 않은 대화록은 야속하게도 한 편의 이야기로 온전히 그 자리에 남아있었다. 난 모든 기억을 지운 줄 알았는데 그건 내 착각이었다. 너의 이름을 보는 순간, 수많은 순간과 아련한 감정들은 순식간에 다시 내 머릿속을 가득 채웠다.

하필 그날따라 어두운 새벽이었고 창문 밖 거리는 이상하게도 조용했으며 시간이 시간인지라 모두가 잠들었다. 그래, 솔직히 나는 어떤 감정을 느낄 줄 알면서도 단호히 그것을 지우지 못한 채 열었다. 거기엔 최악의 결말이 있었지만 최고의 설렘도 담겨 있었기에. 일종의 추억에 대한 향수와 아직도 남아있는 약간의 미련 때문이었다고 고백한다.

뚝 끊겨 있는 대화. 결말 있는 모든 사랑이야기가 그렇듯, 우리의 이야기도 결국은 아름답지 못했다. 나는 대화록을 열긴 했지만 이 새벽에 굳이 그 때의 아픔을 느끼고 싶지는 않았다.

빠르게 스크롤을 올려가며 설레었던 너와의 만남을 향해 거꾸로, 거꾸로 추억을 회상했다.

처음엔 오가는 대화가 거의 없었지만 올라갈수록 툭하면 터지는 어이없는 말다툼들이 가득 찼다. 더 올라가니 어느 새 말다툼은 사라지고 그 자리를 귀여운 이모티콘이 가득 채웠고 그렇게 한참을 더 올라가니, 드디어 스크롤은 움직이지 않았다.

수많은 대화를 거슬러 올라가며 옛사랑이나 다시 찾아보는 내 스스로가 찌질하고 한심했다. 그러다 문득 우리의 만남이 이렇게 거꾸로 시작됐다면 어땠을까라는 어이없는 생각이 들었다. 그랬다면 비록 처음 잠깐의 시작은 서로에게 상처를 줬겠지만 결국은 이렇게 수많은 행복한 추억들과 함께 설레고 아름답게 끝났을텐데.

다툼은 짧았고 사랑은 길었다. 잠깐의 어긋남이 결말을 우습게 만들었다. 그 많은 행복한 순간들을 무색하게 만든 결말은 지금에 와서 보니 참으로 서툴고 급하게 쓴 것 같았다. 하지만 지금에 와서야 그런 생각이 무슨 의미가 있겠는가.

그래서 우리

여긴 그저 세트는 허물어지고 주연 배우는 사라진 촬영장일 뿐. 우리가 써 내려간 해피엔딩의 시나리오는 먼지 쌓인 채 어느 구석에 놓여 있었을 뿐이다.

"차라리 우리의 사랑이 거꾸로 시작됐다면

세상에서 제일 아름답게 끝이 났을텐데."

♡ 시니컬 러브

연애를 쉽게 하지 못하게 됐다. 몇 번의 짧은 연애가 내 머리를 복잡하게 만들었다. 내가 나쁜 놈일 때가 있었고 걔가 나쁜 년일 때가 있었다. 헤어짐에 객관이 어디 있고 심판이 어디 있는가. 그저 각자의 이야기만 서로에게 남을 뿐이다. 아무튼, 그러다 보니 첫 인상이 마음에 들고 그 사람이 나에게 호감이 있다면 쉽게 사귀었던 지난날과는 달리, 새로운 사람을 만날 때면 일종의 학습효과(?)로 "내가 그 사람과 맞을까?", "그 사람은 나랑 오래도록 사귈 수 있을까?" 등을 두고 계산을 하기 시작했다.

사랑에 계산이 필요하냐고 누군가는 말했지만 그건 이별을 겪어보지 못한 사람의 가벼운 발언이다. 이별은 한 동안의 밤을 고민과 미련의 시간으로 채웠고 그것이 아물 때면 무엇이든 간에 나는 '다시는 그러지 말아야지' 등의 다짐으로 마무리 짓길 마련이었다.

진정한 사랑을 만나리라 같은 동화 속 이야기를 꿈꾼다. 현실은 너는 너에 비해 눈이 너무 높아 라는 친구의 농담으로 내 다짐이

비웃음 당하곤 하지만, 다시는 얕은 연애로 내 감정을 낭비하고 싶지도, 그 사람에게 상처주기도 싫다. 논외지만, 언젠가 내가 받은 상처는 물론이고 내가 준 상처는 완전히 아물지 않고 슬며시 벌어질 때가 많았다. 그 때마다 난 나의 새벽을 바쳐 소독하고 후후 불며 아물기를 기다려야 했다. 그런 시간이 싫다는 것이다.

요즘도 사랑노래를 들으면 설렌다. 봄이다 보니 벚꽃아래의 연인도 부럽다. 벚꽃이 아름다울수록 그것을 바라보는 마음도 공허해진다. 그래도 어쩌겠는가.

정의내릴 수 없는 그것

사랑은

우연이자

운명이고

평범하며

특별하다.

그래서 우리

♡ 오늘은 쉴래요

오늘은 쉴래요.

당신 생각만 하기엔

내가 너무 초라하고 한심해요.

당신만큼 나도 정신없이 바쁜 걸요.

내일도 일찍 일어나야 하니깐

오늘은 일찍 자야 해요.

당신 생각 하는 건

오늘은 쉴래요.

"아무도 시키지 않았지만 나 혼자 누군가를 바라보고 짝사랑하는 것은 항상 지치고 힘든 일이다. 누구도 시키지 않은 일이지만 어쩌겠어. 그리고 싶지 않아도 생각이 드는데. 바쁘지 않은 것도 아냐. 나도 이것저것 너 아니어도 바쁘게 살고 있어.

하지만 변명하고 핑계 댈수록 자존심도 상하고 스스로 한심해 보이기도 한다.

오늘 밤은 일찍 자야 해. 그래서 오늘 밤 역시나, 아무도 시키지 않았지만 너를 생각하지 않기로 해."

그래서 우리

♡ One way

사실 아침에 일어나면

널 생각하며 보낸 지난 밤이 부끄럽기도 하고 한심하기도 해.

넌 내 생각 하나도 안 했을 거 아냐.

평소처럼 핸드폰이나 하며

친구들이랑 킬킬대며 잠들었겠지.

솔직히 말하면 널 생각하다 잠든 어제 밤

나 혼자 꾼 꿈까지도 너와 함께였는걸.

이걸 너가 안다면 얼마나 민망할까.

꿈에서 너랑 별 짓 다 했거든.

에이, 그만할래.

어차피 넌 내 생각 하나도 안 했을 거 아냐.

120

"꼴에 자존심은 있어서 니 꿈 꿨다고 하지는 못하겠다."

♡ 착한 여자

유리창에 제비가 날아들어 부딪혔다.

이미 여러 번 있었다.

깨끗해서

투명해서

통과할 수 있을 것 같아서.

가끔 당신의 지나친 순수가

내 마음도 어지럽힌다.

모두에게 친절한 당신이기에.

투명하지만 분명히 거기 있는 벽.

"여자는 쉽게 의심을 하고

남자는 쉽게 착각을 해."

그래서 우리

외로워서 하는 연애

내가 외로워서 하는 연애와

네가 좋아서 하는 연애는

다를 수 밖에 없다.

내가 외로워서 하는 연애는 중심이 나에게 있다.

상대방이 내 기대에 못 미친다면

나는 나대로, 너는 너대로 흔들리고 충돌할 수 밖에 없다.

반면, 너를 좋아해서 하는 연애는 중심이 너와 나 사이에 있다.

네가 좋기 때문에 너의 모습을 사랑할 수 있고

네 기준이 내 기준이 되어 서로를 배려할 수 있다.

"그러니, 나 외로워하는 연애는 모두를 위해서

시작하기 전에 잠시 생각해 볼 필요가 있다. "

그래서 우리

♡ 내 옆, 네 옆

내가 네 옆에 있는 것도 좋지만

네가 내 옆에 있었으면 좋겠어.

"항상 내가 네 옆으로 다가가려 하지만

한 번쯤은 네가 내 옆에 와주기를 기다려."

그래서 우리

♡ 한 뼘

그 한 뼘의 순간,

화아 날아오는 너의 향기는 아찔해.

이것 좀 보라고

몸을 기울이는 너.

천연덕스럽지만 내겐 너무 잔인해.

변두리에서

차마 닿을 수 없어 서성인다.

마치 위성처럼 네 주위를 빙글빙글

네가 어려울 때 멋지게 등장하는

주인공이고 싶지만

컷! 난 네 삶의 조연일 뿐이다.

성문 안 축제가 한창

나는 성문 밖 변두리에서

쉬이익 올라오는 불꽃을 바라보며

즐거워하는 너를, 시리도록 떠올려본다.

♡ 실력부족

내 글솜씨가 부족하다는 거

매번 느끼지만

특히 너에 대해 쓸 때,

난 정말 바보가 된 느낌이야.

도대체 어떻게 해야 내 맘을 표현할 수 있을까.

이 밤, 그 때의 감정,

널 향한 생각 떠올리다 보면

자판 위의 손은 멈추고

화면은 백지가 되어버려.

내 머릿속이라고 다르겠니.

너 생각이 꼬리에 꼬리를 물다가

새벽 쯤에야 '…'으로 마무리 되지.

그냥 누가 내 맘을 꺼내 잉크를 묻혀

백지에 또르르 굴려줬으면.

그래서 우리

♡ 분산투자

투자할 때 분산투자 하라잖아.

사랑도 그게 됐으면 좋겠다.

한 사람한테 내 사랑을 모두 맡기면

그 사람 마음에 따라 내 마음도 이리갔다~저리갔다~하잖아.

더군다나 투자한 마음이 다시 돌아온다는 보장도 없어.

완전 손해 보는 장산거지.

"그래도 어쩌겠어.

답이 따로 없다는 건 알고 있어.

사랑은 이성이 아닌 감성인걸.

사랑 앞에 똑똑한 사람, 별로 없다는 걸."

그래서 우리

♡ 겁쟁이의 변명

너에게 고백하진 않을 거야.

그냥 내 환상 속에 남아줘.

예쁜 미소, 환한 웃음.

매일매일 보고 싶지만

내 섣부른 한 마디에 더 이상 못 볼 수도 있다는 생각이 들면

너무 무섭고 그렇다.

지금 약간의 거리를 두면 널 상상하고

또 그러다 보면 설레고

어느 순간 나 혼자 사랑하고 있겠지.

가슴 아프겠지만 그래도 네게 털어놓지 못해.

그냥 이렇게 현실을 살면서

내 맘에 있는 네 웃음이

점차 희미해지는걸 기다릴래.

지금 내 옆에서 이렇게 예쁘게 웃는 널

못 본다고 생각하면

정말 미쳐버릴거 같거든.

♡ 밖에서

속이 부대껴 밖으로.

너도 나와있다.

"괜찮아?"

"응, 적당히 마셔야지 힘들다."

시끌벅적한 방 안의 소리는 사라진다.

조용한 풀벌레 소리,

너가 밟는 자갈 소리가 듣기 좋다.

"왜?"

"아니, 그냥 추워 보여서."

"그럼 들어갈까?"

"음…난 좀 더 있을게."

"그래, 그럼. 얼른 들어와."

멀어지는 자갈소리

너의 뒷모습.

알딸딸한 가슴에 밤하늘을 올려다본다.

그래서 우리

사랑의 산책

꿈과 현실 사이 끝없는 횡단보도를 걷는

이다지도 위험하지만,

이렇게나 아름다운 산책.

♡ 니 꿈

예상할 수 없는 꿈에

예상치도 못한 니가

예상할 수 없는 스토리로

자꾸자꾸 나오면 어떡해.

이러면 진짜 너 좋아하는 것 같잖아.

그래서 우리

♡ 하루의 끝

널 좋아하면서

너와의 대화방을 자주 열어보게 됐어.

내가 혹시 오버하지는 않았는지,

아니 실수하지는 않았는지.

너가 좋아져 라는 표현 하고픈데

너무 그러면 멀어질까봐.

너와의 하루 되돌아보면서

나도 모르게 우리가 함께하게 될 날들을 상상해.

지금 비온다!

이번엔 성급하지 않기로 했어.

나 스스로 다짐했어.

마음껏 표현하고 싶고 티도 내고 싶지만

너가 부담스러워 할 것 같아서

내가 아무나한테 이런 말 하는 거라고 생각할까봐

그렇게 가벼운 남자처럼 보일 것 같아서

나 너 진짜 좋아해 라는 말 하려다

지금 비온다, 날씨 너무 시원해.

라고 다시 썼어.

이번엔 성급하지 않기로 했어.

그래서 우리

너에게 의지하며

너한테 의지가 되는 사람이고 싶어

너가 힘들 때 찾아가 위로하고

너가 우울할 때 전화해서 네 얘기를 들었어.

너가 슬픈 표정을 하고 있으면

옆에서 그저 가만히 앉아 있기도 하고

울고 있을 때면 차마 아무 말 하지 못 하고

그저 등을 토닥토닥 해줄 뿐이었어.

그런데 그럴수록 네가 아니라

내가 너한테 의지하게 되더라.

뭔가 이상하지? 내가 생각한 건 이게 아니었는데 말야.

아마 내가 말한 건 너와 내가 반대였을지도 몰라.

사랑을 앞두고

우리 사랑이 남들 사랑과 다를 거라는

철없던 사춘기는 지났기에

결코 쉽고 낭만적인 길은 아닐 거라는 것

우린 서로 알고 있죠.

그래도 걸어 봐요.

사랑은 그리 아름답지 않기에

또, 뜻하지 않게 아름답기에

잘 짜여진 스튜디오 무비보다

길게 뻗은 로드무비라는걸.

그래서 우리

♡ 나홀로 설렘

오랜 만에 느끼는 이 설렘이 짧게 끝나지는 않을까.

그저 간만에 날아온 민들레 씨앗에

나 혼자 호들갑 떠는 건 아닐까.

더 네 맘을 확인해보고 싶지만

일단은 지금 이 기분을 만끽하기로 해.

너와 함께 여름을, 가을겨울을 꿈꾸지만

지금의 따스함을 느끼기로 해.

이번엔 잘해보고 싶다는 생각이 커.

정말 내 바람대로, 우리 잘 됐으면 좋겠다.

해변에서 불꽃놀이

끝없는 밤하늘에 퍼지는

커다란 불꽃들도 아름답지만

파도소리 들리는 모래사장에서

너와 단둘이 흔들었던 불꽃막대가 참 즐거웠다.

손을 따라 빠르게 지나가는 불빛에

웃고 있는 네 얼굴이 살짝살짝 비치면

어느새 막대를 흔드는 것도 잊은 채 설레곤 했다.

그래서 우리

모래 바위 위에 앉아 감상한다.

삐이익 괴상한 소리를 내며 올라가는 그 불꽃.

아니 사실은 너가 내 맘을 환하게 밝혔다.

꿈 속의 아이스크림

너와의 꿈이 너무 달콤해서

늦게 일어났지 뭐야.

달콤하지만 쉽게 녹는 넌

아낄래야 아낄 수가 없어.

그래서 우리

♡ 어느 날들

수많은 어느 날이 모여

하나의 너가 되고

그 수많은 너와의 날들이

하나의 사랑이 됐다.

방

꿈일까, 현실일까

몽환적인 너의 목소리는 내가 누워있는 방을

언젠가 행복했던 그 순간으로 흐르게 했다.

여름날, 비 오는 도시 한 구석, 습기에 끈적거리던

방바닥에 함께 누워 시시콜콜한 이야기를 나누던 너와

나의 그 시간은 어디에 있는 걸까.

지금은 그 방에 혼자 누워 텅 빈 천장을 바라본다.

불도 키지 않은 방 속에서 지금, 난 너가 너무나도 보고 싶다.

149

'넌 저 별보다 예쁘고 사랑스러워'

따위의 비유는 진심이 아니야.

넌 내 모든 것이고, 넌 내 전부기 때문이다.

웅얼거림이 반복될수록 더욱더 너의 빈자리가 번져온다.

♡ 책상 위 편지

모두가 일어난 아침에 읽어도

정신없이 지나간 점심에 읽어도

또

노을 지는 저녁에 읽어도

감성에 젖는 새벽에 읽어도

항상 네게 같은 감동을 주는 편지를 쓰고 싶어.

부담스럽지도, 그렇다고 부족해 보이지도 않게

네 맘에 쏙 들게.

언제 어디서라도 내 편지 꺼내어 볼 수 있게.

그렇게 내 한결같은 마음을 알아줬으면.

항상 내 생각 해줬으면.

그래서 우리

♡ 이터널 선샤인

만남이 언제나 우연과 운명의 어느 접점에서 시작되듯

이별도 언제나 그렇게 시작된다.

"만남만 운명일까?

이별도 운명처럼 이루어질 수 있어."

그래서 우리

♡ 어쩌다

그건 어쩌다 였어.

내가 너의 향기에 돌아본 것도

때마침 네가 나를 본 것도.

이것도 어쩌다 였다.

할 말이 다 떨어져 서로를 바라본 것도

그렇게 한 동안 눈동자에 비친 날 바라본 것도

그러고 보니 그것도 어쩌다 였네.

바쁜 일이 생겨 너한테 소홀해 진 것도

그런 나한테 지쳐가는 너의 모습도.

그렇게 어쩌다는 너와 나의 이유이자

변명이 되어버렸구나.

그래서 우리

♡ 차라리

그만.

아무리 네가 변하고 내가 달라졌어도

행복했던 우리 시간까지 할퀴지는 마.

그것만큼 날 상처 주는 말 없어.

난 널 진짜 좋아했단 말야.

♡ **또 다른 너와 나**

우린 그대로인데

어떻게 우리 사이가 변한 걸까?

사실 진짜 너와 나는

우리가 만들어낸 무대 뒤에 서서,

정작 그 긴 나날을 보내면서

단 하루도 만나지 못했을지도 몰라.

서로를 가장 잘 안다고 생각했지만

그게 아니었다는 걸 인정하기란…

참 힘들지.

♡ 토스트기

눅눅해진 우리 사랑도

바삭바삭 해질 수 있을까?

마지막

끝이라는 걸 알고 시작해도

마지막이라는 단어는 항상 슬퍼.

만약에

너랑 같은 수업을 신청하지 않았다면

과제를 핑계 삼아 번호를 물어보지 않았다면

그 예쁜 웃음을 참지 못해 내 마음을 말하지 않았다면

또,

사람 붐비는 벚꽃길을 걷지 않았다면

소박한 골목, 어느 카페에 들어가지 않았다면

집에 보내기 전, 널 품에 안지 않았다면

그 향기를 맡지 않았다면

이렇게 아팠을까

이렇게 그리울까

만약에, 아주 만약에

그래서 우리

♡ 마조히스트

네가 보낸 편지를 못 버리는 것도

너와 찍은 사진 아직 못 지우는 것도

너와 나눈 대화록에서 나오지 못 하는 것도

그 아련한 고통을 다시 느끼고 싶어 일까.

아픈 걸 알면서도 없는 널 또 찾는 걸 보면

나는 마조히스트.

자학하고 고통을 느끼며 위로받는,

세상은 이해 못 할

네 앞의 마조히스트.

나는 너에게 뭐였을까

작년 이 맘 때

넌 흐드러진 안개꽃 같은 서울의 야경을 내려다보며

내 손을 잡았다.

그래, 사실 널 처음 본 순간 내 마음도 흔들렸지만

하루 만에 네가 나한테 좋아한다고 말할 줄은

꿈에도 몰랐다.

그 날의 남산은 추웠지만

내려오는 내내 붙잡은 손에

내 마음은 쉬이 가라앉지 못했다.

그리고 한달 후, 넌 미안하다며 갑작스레 날 떠났다.

자기가 나쁜 애라고, 미안하다고.

어제까지 웃던 네가 내 앞에서 고개 숙인 채,

담담히 이야기하니

나는 화나기보다 어이가 없었다.

아니, 솔직히 화도 좀 났다.

한 달 동안 나는 너에게 뭐였을까.

자존심도 상하고 가슴도 저렸지만

애써 쿨한 척, 앞으로 마주치면

웃으며 인사하자고 말하며 널 보냈다.

하지만 도망치듯 돌아서 가는 너의 그 낯설은 모습에

난 쉽게 정신을 차릴 수 없었다.

갑자기 핀 벚꽃은 갑자기 내린 비에

다시 길거리의 앙상한 가로수로 돌아갔다.

일년이 지난 지금, 벚꽃은 새로 피었다.

하지만 나무는 떨어진 꽃잎의 기억을

쉽게 잊지 못하나 보다.

그래서 우리

♡ 책상 위 향수

방치해둔 책상을 정리하던 중 발견한 검은색 공병 하나.

칙,

살짝 뿌려본다. 네 향기.

탑 노트:

강렬하진 않지만 기억에 남긴 충분하다.

그래, 넌 상큼하지만 가볍지 않았다.

내 말에 눈을 맞추고 웃는 넌 정말 예뻤고

그런 첫 인상이 나쁘지 않았다.

미들 노트:

나와 잘 어울릴거야 라는 생각이 문득 들었다.

네 웃음이 내 옆에서 아주 자연스레 퍼졌고

적극적인 향기는 소극적이던 내게

신선한 설렘을 줬다.

자꾸 맡고 싶고 더 알고 싶어져

결국 내 두근거리는 맥박에 뿌렸다.

그래서 우리

베이스 노트:

…모름

솔직히 궁금했어, 네 잔향.

하지만 더 이상 향수를 뿌릴 수 없었는걸.

그 긴 시간 동안 가만히 내버려두기엔 네 향기는

독특하고 매력있었어.

네 향이 별로라고 해서,

나랑 안 맞는다고 해서 미안해.

하지만 그 때의 날 이해해줘.

향수를 쓰기엔 초라했던 날 보기가 너무 괴로웠어.

잠이 들지 않는 밤에 쓴다.

돌아보기 싫은 아픔을 쓴다.
내일이 보이지 않아 어제를 헤매는 그 짧은 순간을 쓴다.

또, 아련해진 행복을 쓴다.
행복해지고 싶어 행복했던 순간들을 생각한다.

돌아보기 위해 글을 쓴다.
같은 감정은 없다. 그 때 느낀 감정은 다시 찾아 오지 않는다.
나는 그 때의 감정을 쓴다.

그래서 우리

추억하고 싶어서,

아니 추억하기 싫어서.

쓴다.

언제나 곁에서 응원해주시는 부모님께 감사 드리며,

받은 은혜 하나님께 영광으로 돌려 드리며,

차감성 씀.

Instagram: Cha_gamsung_

그래서 우리